9/12

Sofía and the Purple Dress
Sofía y el vestido morado

By / Por Diane Gonzales Bertrand

Illustrations by / Ilustraciones de Lisa Fields

Spanish translation by / Traducción al español de Gabriela Baeza Ventura

PIÑATA BOOKS

Piñata Books
Arte Público Press
Houston, Texas

Publication of *Sofía and the Purple Dress* is funded by grants from the City of Houston through the Houston Arts Alliance, the Marguerite Casey Foundation, the W. K. Kellogg Foundation and the Simmons Foundation. We are grateful for their support.

Esta edición de *Sofía y el vestido morado* ha sido subvencionada por la Ciudad de Houston por medio del Houston Arts Alliance, Marguerite Casey Foundation, W. K. Kellogg Foundation y Simmons Foundation. Les agradecemos su apoyo.

¡Piñata Books están llenos de sorpresas!
Piñata Books are full of surprises!

Piñata Books
An Imprint of Arte Público Press
University of Houston
452 Cullen Performance Hall
Houston, Texas 77204-2004

Cover design by / Diseño de la portada por Mora Des!gn

Bertrand, Diane Gonzales.
    Sofía and the Purple Dress / by Diane Gonzales Bertrand; illustrations by Lisa Fields; Spanish translation, Gabriela Baeza Ventura = Sofía y el vestido morado / por Diane Gonzales Bertrand / ilustraciones de Lisa Fields; traducción al español de Gabriela Baeza Ventura.
        p.   cm.
    English and Spanish.
    Summary: Third-grader Sofía wants to wear a beautiful, hand-me-down dress to her cousin Rosario's quinceañera, but first she will have to lose some weight by exercising and eating healthier foods, with help from her mother and sister.
    ISBN 978-1-55885-701-8 (alk. paper)
    [1. Overweight persons—Fiction. 2. Weight control—Fiction. 3. Food habits—Fiction. 4. Exercise—Fiction. 5. Family life—Fiction. 6. Spanish language materials—Bilingual.] I. Fields, Lisa, ill. II. Ventura, Gabriela Baeza. III. Title. IV. Title: Sofía y el vestido morado.
PZ73.B4453 2012
[E]—dc23   2011037961
                                                                                                              CIP

Printed in China in November 2011–January 2012 by Creative Printing USA Inc.
12 11 10 9 8 7 6 5 4 3 2 1

Sofía loved her older cousin Rosario. They read books together and played games. Rosario also gave clothes she outgrew to Sofía.

She had just started third grade when Rosario sent her a box of clothes and a pink envelope.

"Look," Mom told Sofía and her sister Mari. "It's an invitation to Rosario's *quinceañera* in November."

"I've never been to a *quince*!" Sofía said. "I can't wait to go!"

Sofía adoraba a su prima mayor Rosario. Leían libros y jugaban juntas. Además Rosario le pasaba a Sofía la ropa que ya no le quedaba.

Recién había empezado el tercer año cuando Rosario le mandó una caja de ropa y un sobre rosado.

—Mira —Mamá le dijo a Sofía y a su hermana Mari—. Es una invitación para la quinceañera de Rosario en noviembre.

—¡Jamás he estado en una quince! —dijo Sofía—. ¡Ya quiero que sea!

Mari started pulling pretty sweaters and shirts from the box.
But a beautiful purple dress caught Sofía's attention first.
"Mom, look!" Sofía said. "It's perfect to wear to Rosario's *quince*. I want to try it on right now."
"Let's go to your bedroom," Mom said. "We'll see how it fits."

Mari empezó a sacar lindos suéteres y camisetas de la caja.
Pero un lindo vestido morado captó la atención de Sofía.
—Mami, ¡mira! —dijo Sofía—. Es perfecto para la fiesta de quince de Rosario. Me lo quiero probar ya.
—Vamos a tu recámara —dijo Mamá—. Veamos cómo te queda.

Her arms fit through the straps. But once the dress was zipped up, Sofía felt like she could not breathe.

Mari giggled. "You look like a purple sausage!"

"It looks too tight, Sofía," Mom said.

"But, Mom!" Sofía stared at her red face in the mirror. "Couldn't I fit into this dress if I stopped eating?"

"Not eating will only make you sick, Sofía. The *quinceañera* is three months away. Maybe I can buy you another dress."

"You don't get it, Mom," Sofía replied. "Rosario *wants* to see me in her purple dress. She always tells me, 'Honey, you look fabulous in my clothes'."

She closed her eyes and sighed.

Deslizó los brazos por las mangas. Pero cuando le subieron el zíper, Sofía sintió que no podía respirar.

Mari se rio. —Te ves como una salchicha morada.

—Se ve muy apretado, Sofía —dijo Mamá.

—¡Pero, Mamá! —Sofía miró el reflejo de su cara roja en el espejo—. ¿Si dejo de comer me puede quedar este vestido?

—No comer hará sentirte mal, Sofía. Faltan tres meses para la quinceañera. Tal vez te puedo comprar otro vestido.

—No entiendes, Mamá —respondió Sofía—. Rosario *quiere* verme en su vestido morado. Siempre me dice, "Linda, te ves fabulosa con mi ropa".

Cerró los ojos y suspiró.

As Sofía watched Mom hang up the purple dress, she said, "Mom, Rosario's sweaters and shirts fit me. Why can't I wear that dress?"

"It's a fitted dress." Mom patted her own stomach. "Like you, I've got a little extra here and there."

"What if I don't want that extra anymore?"

"Then you need to change things, *mija*," Mom said. "Get more exercise. Don't drink sodas or eat junk food. It's not easy."

"Can you help me?"

Mom slipped her arm around Sofía's shoulders. "Well, it wouldn't hurt us to get more exercise and eat healthy food. Why don't we help each other?"

"I'll help too," Mari promised.

Mientras Sofía veía a Mamá colgar el vestido, le dijo —Mamá, los suéteres y las camisetas de Rosario me quedan. ¿Por qué no puedo usar este vestido?

—Es un vestido entallado. —Mamá se dio unas palmadas en el estómago—. Como tú, yo también tengo un poco extra por aquí y por allá.

—¿Qué si ya no quiero eso extra?

—Entonces tienes que cambiar algunas cosas, mija —dijo Mamá—. Hacer más ejercicio. No beber refrescos ni comer comida chatarra. No es fácil.

—¿Me puedes ayudar?

Mamá le pasó un brazo por los hombros. —Bueno, no nos caería mal hacer más ejercicio y comer comida sana. ¿Por qué no nos ayudamos la una a la otra?

—Yo también puedo ayudar —prometió Mari.

"Where's the car?" Sofía asked, the next day after school.

"Mom said we're going to walk home," Mari told her.

"It's only three blocks. And it's good exercise," Mom added.

Sofía frowned. "But, Mom, the sun is so hot!"

Mom pulled three umbrellas from her bag. "Shall we walk?"

As she opened one, Sofía heard a boy yell, "Hey! It's not raining! What do you need an umbrella for?"

Sofía's face burned, but she just turned away. "Let's go, Mom."

—¿Dónde está el auto? —preguntó Sofía el día siguiente después de la escuela.

—Mamá dijo que vamos a caminar a casa —le dijo Mari.

—Son solo tres cuadras. Y es buen ejercicio —agregó Mamá.

Sofía frunció el ceño. —Pero, Mamá, ¡el sol está muy caliente!

Mamá sacó tres paraguas de su bolsa. —¿Caminamos?

Al abrir un paraguas, Sofía oyó el grito de un niño —¡Eh! ¡No está lloviendo! ¿Para qué quieres un paraguas?

La cara de Sofía se puso roja, pero se volteó. —Vamos, Mamá.

Sofía grew more hot and tired with every step.

As Mom unlocked the front door, Sofía said, "All I want is a giant soda! I'm so thirsty!"

"We need some water," Mom answered.

"Water?" Sofía pushed her wet hair from her face. "But I'm so hot."

"What about ice cream?" Mari said.

"What's wrong with you?" Sofía yelled. "Eating ice cream won't help me!"

Mari stared down at her feet. "I'm sorry."

Sofía sighed. "You were right, Mom. This is hard."

"That's why we all promised to help each other," Mom said. She put a hand on each daughter's shoulder. "Today we walked home. It's a small change, but it's a place to start, right?"

Sofía spoke quietly. "I guess so."

Sofía sentía más y más calor con cada paso que daba.

Mientras Mamá abría la puerta principal, Sofía dijo —¡Quiero un refresco gigante! ¡Tengo tanta sed!

—Necesitamos agua —respondió Mamá.

—¿Agua? —Sofía se sacó el cabello mojado de la cara—. Pero tengo tanto calor.

—¿Qué tal un helado? —dijo Mari.

—¿Qué te pasa? —gritó Sofía—. ¡Comer helado no me va a ayudar!

Mari se miró los pies. —Lo siento.

Sofía suspiró. —Tenías razón, Mamá. Es difícil.

—Por eso prometimos ayudarnos —dijo Mamá. Le puso una mano en el hombro a cada niña—. Hoy caminamos a casa. Es un pequeño cambio, pero es un buen comienzo, ¿verdad?

Sofía susurró —Supongo que sí.

"Remember, Mom, no junk food," Sofía said a week later as they walked into the grocery store.

"What should we buy for healthy snacks?" Mom asked, steering the cart into the fresh produce area.

"I like bananas," Mari said.

"I like oranges," Sofía said.

"Why don't you try something new?" Mom replied. "When I was little, my grandfather brought us papayas and guavas. They're very delicious."

"Look, Mommy." Mari pointed to the colorful poster near the vegetable trays. "It's the food rainbow. My teacher has one in our classroom. We should eat foods on the rainbow every day to stay healthy."

"Well, we need more colors in our shopping cart, don't we?" Mom said.

"Yes," said Sofía, "let's look for green, red and purple fruits and veggies."

—Mamá, recuerda que no vamos a comprar comida chatarra —dijo Sofía una semana después cuando entraron al supermercado.

—¿Qué podemos comprar como snacks sanos? —preguntó Mamá, empujando el carrito hacia la sección de verduras frescas.

—Me gustan los plátanos —dijo Mari.

—A mí me gustan las naranjas —dijo Sofía.

—¿Por qué no prueban algo nuevo? —contestó Mamá—. Cuando era niña, mi abuelo nos traía papayas y guavas. Son deliciosas.

—Mira, Mami. —Mari señaló un póster con muchos colores cerca de las bandejas de verduras—. Es el arco iris de la comida. Mi maestra tiene uno en el salón. Debemos comer comida del arco iris todos los días para estar sanos.

—Pues, entonces necesitamos más colores en nuestro carrito, ¿verdad?

—Sí —dijo Sofía— debemos buscar verduras y frutas verdes, rojas y moradas.

Two weeks later, Sofía saw Mari staring out the window.

Mari frowned. "A rainy day is no fun."

Sofía rubbed her chin, but then smiled. "Sometimes on rainy days, Coach Henry puts on music in the gym and we dance. Why don't we do that, Mari?"

"Okay!" Mari ran to the radio and turned it on.

They moved their feet and waved their arms to the lively music.

Dos semanas más tarde, Sofía vio a Mari mirando por la ventana.

Mari frunció el ceño. —Un día lluvioso no es divertido.

Sofía se frotó la barbilla, pero después sonrió. —A veces en los días lluviosos, Coach Henry pone música en el gimnasio y bailamos. ¿Por qué no hacemos eso, Mari?

—¡Está bien! —Mari corrió hacia el radio y lo prendió.

Movieron los pies y agitaron los brazos al ritmo de la animada música.

One night, Mari asked Sofía, "What should I do about my birthday party? Pizza isn't on the food rainbow."

On her night table, Sofía saw a photo of Rosario helping her skate. "What about a skating party, Mari? That could be fun!"

"Okay, but . . . Do you think Mommy will still make me a birthday cake?"

"Of course she will. Just because we try to eat healthy doesn't mean we can't have cake on our birthdays."

"Good!" Mari smiled. "I want a pink cake!"

Una noche, Mari le preguntó a Sofía —¿Qué voy a hacer con mi fiesta de cumpleaños? La pizza no está en el arco iris de alimentos.

En el buró, Sofía vio la foto de Rosario ayudándola a patinar. —¿Qué te parece una fiesta de patines, Mari? ¡Eso sería divertido!

—Está bien, pero . . . ¿Crees que Mami aún me preparará un pastel de cumpleaños?

—Por supuesto que lo hará. Solo porque estamos tratando de comer más sano no quiere decir que no podemos comer pastel en nuestros cumpleaños.

—¡Qué bueno! —Mari sonrió—. ¡Quiero un pastel rosado!

"Sofía, this is the best party ever!" Mari said, giving her sister a wobbly hug since they were both wearing skates.

Along with birthday cake, Mom served orange wedges. They drank fresh lemonade. And their friends loved the pink party bags with purple hair clips, little bags of pretzels and sugarless bubble gum.

"Let's go skating again," Sofía said. "Then we can open your presents."

The two sisters and their friends skated around the rink again and again.

—¡Sofía, ésta es la mejor fiesta! —dijo Mari, y le dio un abrazo tambaleante, ya que las dos llevaban patines puestos.

Junto con el pastel, Mamá sirvió gajos de naranja. Bebieron limonada fresca. Y a sus amigas les encantaron las bolsitas rosadas con broches morados para el cabello, bolsitas de pretzels y chicle sin azúcar.

—Vamos a patinar otra vez —dijo Sofía—. Después podemos abrir los regalos.

Las dos hermanas y sus amigas patinaron alrededor de la pista una y otra vez.

"I can't believe my girls run home now!" Mom said, laughing. "Two months ago you both complained about walking."

"You should see me at school," Sofía said. "I beat the boys in PE when Coach Henry lets us race. Today he read us a story about a boy who ran so fast he won a college scholarship. And now he's president of a university!"

"*Mija*, if running can help you for college," Mom said, "then both you and Mari need to keep racing each other home!"

—¡No puedo creer que mis hijas ahora corren a casa! —Mamá dijo, riéndose—. Hace dos meses ambas se quejaban por tener que caminar.

—Deberías verme en la escuela —dijo Sofía—. Le gano a los niños en la clase de educación física cuando Coach Henry nos deja jugar carreras. Hoy nos leyó una historia de un niño que corrió tan rápido que ganó una beca para la universidad. ¡Y ahora es presidente de una universidad!

—Mija, si correr te puede ayudar para la universidad —dijo Mamá— ¡entonces tú y Mari tienen que seguir corriendo a casa!

The first week of November, Sofía felt like someone was shaking maracas inside her chest. She waited while Mom zipped up the back of the dress.

She took a step back and opened her eyes wide. The dress wasn't tight anymore! Even better, Sofía saw a new reflection in the mirror. No more red face or tired eyes. Even her hair seemed to shine more. "What do you think?"

Mari clapped her hands. "Oh, Sofía, you look beautiful!"

Mom kissed her cheek. "I think you look fabulous, *mija.*"

La primera semana de noviembre Sofía sintió como si alguien agitara maracas en su pecho. Se quedó quieta y esperó a que Mamá subiera el zíper del vestido.

Dio un paso atrás y abrió los ojos sorprendida. ¡El vestido ya no le apretaba! Lo que era mejor, Sofía vio un nuevo reflejo en el espejo. No más cara roja y ojos cansados. Hasta el cabello parecía brillarle más. —¿Qué te parece?

Mari aplaudió. —Ay, Sofía, ¡te ves hermosa!

Mamá le dio un beso en la mejilla. —Te ves fabulosa, mija.

Her mom stepped back and said, "You need new shoes to match your dress, right?"

"Sure, but Mom, is there money for new shoes?"

"When I stopped buying junk food, I saved money," she answered. "I can buy all of us new shoes."

Sofía smiled. If they hadn't worked together, she wouldn't be able to wear Rosario's dress for the *quinceañera.* It was enough for her. "Mom, why don't you take the money and buy yourself a new dress instead?"

"I don't need a new dress, Sofía." Mom posed like a fashion model. "I have a pretty dress in my closet that fits me again!"

"Yay for Mom!" the girls cheered.

Su mamá dio un paso atrás y dijo —Necesitas zapatos nuevos para tu vestido, ¿verdad?

—Sí, pero Mamá, ¿hay dinero para zapatos nuevos?

—Cuando dejé de comprar comida chatarra ahorré dinero —respondió—. Puedo comprar zapatos nuevos para todas.

Sofía sonrió. Si no hubieran trabajado juntas, no podría haber usado el vestido de Rosario para la quinceañera. Era más que suficiente para ella. —Mamá, ¿por qué mejor no usas el dinero para comprarte un vestido nuevo?

—No necesito un vestido nuevo, Sofía. —Mamá posó como una modelo—. ¡Tengo un lindo vestido en mi clóset que me queda otra vez!

—¡Hurra por Mamá! —celebraron las niñas.

Sofía had never seen her cousin Rosario look as beautiful as she did at her *quinceañera*. She wore a crown and a red dress with tiny roses.

"Honey, you look fabulous!" Rosario said when the cousins met on the dance floor. "But you also look so different. What's changed?"

"Everything has changed!" Sofía exclaimed. "And it's all because of this fabulous purple dress." Then she twirled under her cousin's arm and laughed. "I bet I can dance longer than you can, Rosario! Just watch me!"

Sofía no había visto a su prima Rosario lucir más bella que en la quinceañera. Llevaba una corona y un vestido rojo con pequeñas rosas.

—¡Linda, te ves fabulosa! —dijo Rosario cuando las primas se encontraron en la pista de baile—. Pero también te ves muy diferente. ¿Qué cambió?

—¡Todo ha cambiado! —exclamó Sofía—. Y todo por este fabuloso vestido morado. —Después se dio vueltas bajo el brazo de su prima y rio—. ¡Apuesto que puedo bailar más que tú, Rosario! ¡Solo, mírame!

Diane Gonzales Bertrand knows when families work together, good things happen. She wrote *Sofía and the Purple Dress / Sofía y el vestido morado* to show how even small changes make a big difference in healthy living. She is the author of *We Are Cousins / Somos primos, The Party for Papá Luis / La fiesta para Papá Luis* and *Adelita and the Veggie Cousins / Adelita y las primas verduritas* all published by Piñata Books. She lives with her family in San Antonio, Texas, where she is Writer-in-Residence at St. Mary's University.

Diane Gonzales Bertrand sabe que cuando las familias trabajan juntas, pasan cosas buenas. Escribió *Sofía and the Purple Dress / Sofía y el vestido morado* para demostrar que hasta un pequeño cambio hace una diferencia grande para vivir una vida sana. Es autora de *We Are Cousins / Somos primos, The Party for Papá Luis / La fiesta para Papá Luis* y *Adelita and the Veggie Cousins / Adelita y las primas verduritas* todos publicados por Piñata Books. Vive con su familia en San Antonio, Texas, donde es Escritora en Residencia en St. Mary's University.

Lisa Fields received her BFA in illustration in 2006 from Ringling School of Art and Design and attended the Illustration Academy. She is a member of the Society of Children's Book Writers and Illustrators. *The Triple Banana Split Boy / El niño goloso* (Piñata Books, 2009) was the first children's book that Lisa illustrated. She currently resides in Katonah, New York, a small hamlet north of New York City, where she grew up.

Lisa Fields recibió su BFA en ilustración en 2006 de Ringling School of Art and Design y asistió a Illustration Academy. Es miembro de la Sociedad de Escritores e Ilustradores Infantiles. *The Triple Banana Split Boy / El niño goloso* (Piñata Books, 2009) es su primer libro infantil. En la actualidad, Lisa vive en Katonah, Nueva York, una pequeña comunidad al norte de la ciudad de Nueva York, donde se crió.

GARDENING PAGE

GARDENING CHALLENGE

Get a papaya, and cut it open. Take out the seeds and rinse them with water. Eat the delicious papaya, and when you're done, put the papaya seeds in a pot, or in the garden, and see what grows! Make sure to give it plenty of water.

DID YOU KNOW THAT GARDENING IS A GREAT WAY TO GET EXERCISE?

Digging soil, pulling weeds, harvesting, watering with a watering can and composting are all great ways to get your heart pumping, build muscles and bones and get some fresh air!

Red
Orange
Yellow
Green
Blue
Purple

Help Sofía and Mari match the fruits and vegetables to their place on the "Fruit and Vegetable Rainbow." Color the rainbow and the fruits and vegetables, and then draw a line to where they belong.

Activity reprinted with permission from Recipe for Success (P.O. Box 56405, Houston, TX 77256 • www.recipe4success.org)